U0044639

花臉鼠山谷

江寬慈 文　蘇夢豪 圖

小水滴 創藝樂團

佇一个遙遠的山谷，
Tī tsit ê iâu-uán ê suann-kok,

干焦[1] 有幾戶人家踮[2] 佇遮[3]。
kan-na ū kuí hōo jîn-ke tuà tī tsia.

【註】1. kan-na（只有） 2. tuà（居住） 3. tsia（這裡）

在一個遙遠的山谷，那裡只住著幾戶人家。
阿明是個單純又善良的孩子，他每天和弟弟妹妹一起幫忙家裡的農事。

阿明是一个單純閣善良的囡仔[4]。
A-bîng sī tsit ê tan-sûn koh siān-liông ê gín-á.

伊逐工[5] 佮小弟、小妹做伙
I tak-kang kah sió-tī 、 sió-muē tsò-hué

鬥相共[6] 厝裡的穡頭[7]。
tàu-sann-kāng tshù--lí ê sit-thâu.

【註】4.gín-á（小孩子）5. tak-kang（每天）
6. tàu-sann-kāng （幫忙） 7. sit-thâu （農事）

在山的另一頭，住著一群可愛又神秘的花栗鼠。

佇山的另外一爿[8]，

Tī suann ê līng-guā tist pîng,

有蹛一陣古錐閣神秘的花膨鼠[9]。

ū tuà tsit tīn kóo-tsui koh sîn-pì ê Hue-phòng-tshí.

【註】8. pîng（邊、旁）9. Hue-phòng-tshí（花栗鼠）

走相掠 [10]
Tsáu - sio - liáh

花膨鼠　真活動
Hue-phòng-tshí　Tsin uáh-tāng

我走西　伊走東
Guá tsáu sai　I tsáu tang

目一 nih　就無看人
Bák - tsit - nih　tō bô khuànn* lâng

嘿　掠著矣
Heh　Liáh--tióh--ah

看你走佗藏
Khuànn lí tsáu tó tshàng

【註】10. tsáu-sio-liáh（你跑我追、被抓到的當鬼的遊戲）

* 看見 khuànn-kìnn 合讀

予伊 栗子、
Hōo i la̍t-tsí、

【註】11. tshiūnn-tsí（橡實果）

橡子[11]、
tshiūnn-tsí、

給牠栗子、橡實果、豆子、水果…

果子、
kué-tsí、

豆仔、
tāu-á、

猶閣是走去。
iáu-koh sī tsáu-khì.

花栗鼠吃完後，還是跑走了。

「阮遮嘛有足濟[12]花膨鼠愛食的栗子佮橡子，
"Guán tsia mā ū tsiok tsē Hue-phòng-tshí ài tsiàh ê lát-tsí kah tshiūnn-tsí,

花膨鼠哪會無愛來遮蹛咧？」
Hue-phòng-tshí ná ē bô ài lâi tsia tuà--leh ?"

【註】12. tsiok tsē（非常多）

「我們這裡也有很多花栗鼠愛吃的栗子和橡實果，為什麼花栗鼠都不來這裡住呢？」

阿明那想那研究
A-bîng ná siūnn ná gián-kiù,

嘛那攢¹³ 走輪仔¹⁴ 閣有花膨鼠愛食的食物…
mā ná tshuân tsáu-lián-á   kah ū Hue-phòng-tshí ài tsiàh ê tsiàh-mih …

【註】13. tshuân(張羅、準備。)14. tsáu-lián-á（滾輪）

阿明邊想邊研究，也一邊準備滾輪和花栗鼠愛吃的食物。

飼
Tshī

來來來　食果子
Lâi lâi lâi　Tsia̍h kué-tsí

有你愛食的栗子
Ū lí ài tsia̍h ê la̍t-tsí

蘋果芎蕉佮菝仔
Phông-kó king-tsio kah pua̍t-á

欲食啥物隨在你
Beh tsia̍h siánn-mih suî-tsāi--lí

啦 啦 啦 啦 啦　　啦 啦 啦 啦 啦
Lah lah lah lah lah　　Lah lah lah lah lah

炁[15] 你 peh 樹仔　閣耍趨趨仔[16]
Tshuā lí peh tshiū-á　koh sńg tshu-tshu-á

啦 啦 啦 啦 啦　　啦 啦 啦 啦 啦
Lah lah lah lah lah　　Lah lah lah lah lah

猶有你上愛的走輪仔
láu-ū lí siōng ài ê tsáu-lián-á

【註】15. tshuā（帶、帶領）

16. tshu-tshu-á（溜滑梯）

來來來　食果子
Lâi lâi lâi　Tsiȧh kué-tsí

有你愛食的栗子
Ū lí ài tsiȧh ê lȧt-tsí

蘋果芎蕉佮菝仔
Phông-kó king-tsio kah puȧt-á

欲食啥物隨在你
Beh tsiȧh siánn-mih suî - tsāi--lí

阿明想欲予花膨鼠更加熟似
A-bîng siūnn-beh hōo Hue-phòng-tshí king-ka si̍k-sāi

伊的面容，就佮花膨鼠逐工對相[17]，
i ê bīn-iông, tō kah Hue-phòng-tshí ta̍k-kang tuì-siòng,

阿明想讓花栗鼠更加地熟悉他的臉，就每天看著花栗鼠。

若親像[18] 咧講：
ná-tshin-tshiūnn leh kóng：

「你哪會遮爾[19] 緣投[20]！」
"Lí ná ē tsiah-nī iân-tâu!"

【註】17.tuì-siòng（對看） 18. tshin-tshiūnn（好像、好比） 19. tsiah-nī（這麼、那麼）20. iân-tâu（英俊、好看）

他們每天你看著我、我看著你，就好像是在說：「你真是個大帥哥啊！」

阿爸問我：
A-pah mn̄g guá:

「是按怎欲飼花膨鼠？
″ Sī-án-tsuánn beh tshī Hue-phòng-tshí？

爸爸問我：「為什麼要養花栗鼠呢？
如果是養豬或是養雞，還可以宰來吃耶！哎唷！一想到就流口水了！」

【註】20.thâi（宰）21. tshuì-nuā（口水、唾液）

若飼豬抑是飼雞，閣通刣 ²¹ 來食呢！

Nā tshī ti iáh-sī tshī ke, koh thang thâi lâi tsiáh--neh!

噯喲！想著就流喙瀾²² 囉！」

Ai-ioh！Siūnn--tióh tō lâu tshuì-nuā--looh！"

因為我想要花栗鼠跟我做伴啊！

做伴

Tsò - phuānn

我欲牽你去溪邊　　看魚仔泅啊泅
Guá beh khan lí　khì khe-pinn　Khuànn hî-á siû ah siû

我欲𤆬你去山頂　　看鳥仔 háu tsiuh- tsiuh
Guá beh tshuā lí　khì suann-tíng　Khuànn tsiáu-á háu tsiuh - tsiuh

有你做伴　我袂孤單　有你鬥陣　食水嘛甜甜
Ū lí tsò-phuānn Guá bē koo-tuann Ū lí tàu-tīn　Tsiảh tsuí mā tinn-tinn

感謝有你來做伴
Kám-siā ū lí lâi tsò-phuānn

歡喜的時陣來唱歌　　唱快樂的歌
Huann-hí ê sî-tsūn lâi tshiùnn-kua　Tshiùnn khuài-lȯk ê kua

無聊的時陣來畫圖　　畫五彩的圖
Bô-liâu ê sî-tsūn lâi uē-tôo　Uē ngóo-tshái ê tôo

有你做伴　我袂孤單
Ū lí tsò-phuānn　Guá bē koo-tuann

有你鬥陣　食水嘛甜甜
Ū lí tàu - tīn　Tsiảh tsuí mā tinn-tinn

感謝有你來做伴
Kám-siā ū lí lâi tsò-phuānn

【註】

23. soh-á（繩子）

24. sih-sih-tsùn（表示寒冷）

25. thîng-khùn（停止、休息）

26. pī-pān（準備、張羅）

27. táuh-táuh-á（慢慢地）

阿明用長長的索仔[23] 共花膨鼠縛 --eh。
A-bîng īng tn̂g-tn̂g ê soh-á kā Hue-phòng-tshí pak -- eh.

佇寒天，天氣冷到 sih-sih 顫[24]，
Tī kuânn-thinn, thinn-khì líng kàu sih-sih-tsùn,

伊逐工無停睏[25] 咧備辦[26] 花膨鼠的食物，
i tak-kang bô thîng-khùn leh pī-pān Hue-phòng-tshí ê tsiah-mih,

而且伊沓沓仔[27] 共索仔放予長，增加花膨鼠活動的空間。
jî-tshiánn i táuh-táuh-á kā soh-á pàng hōo tn̂g, tsing-ka Hue-phòng-tshí uah-tāng ê khong-kan.

阿明用長長的繩子綁著花栗鼠。到了冬天，天氣冷得讓人直發抖，他每天不間斷地為花栗鼠準備食物，而且一點一點地延長繩子，增加花栗鼠的活動空間。

有一日，
Ū-tsit-jit,

伊共索仔敨開[28]。
i kā soh-á tháu--khui.

【註】

28. tháu--khui（解開）

29. phút-phút-thiàu（活蹦亂跳、充滿生氣）

30. bô--khì（不見、消失）

Tong Tong Tong！

花膨鼠歡喜甲踔踔跳[29]。　欸…花膨鼠走無去[30]矣！
Hue-phòng-tshí huann-hí kah phút-phút-thiàu.　Eh…　Hue-phòng-tshí tsáu bô--khì--ah!

有一天，阿明試著把繩子解開看看。咚咚咚…，花栗鼠開心地活蹦亂跳，
一溜煙就跑掉了！咦！花栗鼠不見了！

阿明四處尋找他的花栗鼠。

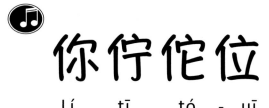

你佇佗位
Lí tī tó - uī

遠遠的山彼爿 你敢是佇遐[32]
Hn̄g - hn̄g ê suann hit pîng Lí kám - sī tī hia

深深的樹林內 你敢是佇遐
Tshim-tshim ê tshiū -nâ lāi Lí kám - sī tī hia

你佇佗位[33] 我真想你
Lí tī tó - uī Guá tsin siūnn--lí

你佇佗位 敢通[33] 閣相見
Lí tī tó - uī Kám thang koh sann-kìnn

你 佇 佗位
Lí tī tó - uī

轉 來 轉 來
Tńg -- lâi Tńg -- lâi

轉 來 轉 來 ……
Tńg -- lâi Tńg -- lâi

【註】31.hit pîng（那邊） 32. tī hia（在那裡） 33. tó-uī（哪裡） 34. kám thang（怎能）

【註】35. kim-kim（睜大眼睛）36. bā-hio̍h（老鷹）　　37. ē-tàng（可以、能夠、做得到）

阿明目睭金金 35 看天頂，
A-bîng ba̍k-tsiu kim-kim　khuànn thinn-tíng,

天頂的鵰鶚 36 敢會當 37 來踮山谷做我的朋友？
thinn-tíng ê　bā-hio̍h　kám ē-tàng　lâi tuà suann-kok tsò guá ê　pîng-iú？

他抬頭望著天想著，天空的老鷹可以來山谷住，跟我做朋友嗎？

【註】38. àm-kong-tsiáu（貓頭鷹）

樹仔頂的暗光鳥 [38] 敢會當來我的房間
Tshiū-á tíng ê àm-kong-tsiáu　　kám ē-tàng lâi guá ê pâng-king

佮我做伙唱歌？
kah guá tsò-hué tshiùnn-kua？

樹上的貓頭鷹，可以來我的房間，和我一起唱歌嗎？

原來，
Guân-lâi,

大自然才是恁的厝。
Tāi-tsū-jiân tsiah-sī lín ê tshù.

按呢！我欲共³⁹ 規个⁴⁰ 山谷攏變成恁佮意⁴¹ 蹛的所在。
Án-ne！ Guá beh kā kui ê suann-kok lóng piàn-sîng lín kah-ì tuà ê sóo-tsāi.

【註】

39. kā（把）

40. kui-ê（整個、全部的）

41. kah-ì（喜歡）

原來，大自然才是你們的家啊！那麼，我要把整個山谷都變成你們喜歡來住的地方。

有一日…
Ū - tsit- jit …

有一天…

Tong Tong Tong！

彼是啥物聲？
He sī siánn-mih siann?

啊！是花膨鼠走轉來[42]矣。
Ah ！ Sī Hue-phòng-tshí tsáu tńg--lâi --ah.

【註】
42.tńg--lâi（回來）

咚…咚…咚…！那是什麼聲音啊？啊！是花栗鼠跑回來了！

阿明趕緊準備橡子佮豆仔。
A-bîng kuánn-kín tsún-pī tshiūnn-tsí kah tāu-á.

毋過[43]，伊食無幾喙就閣走去矣！
M̄-koh, i tsiàh bô kuí tshuì tō koh tsáu--khì--ah!

【註】 43.m̄-koh（不過、但是）

阿明趕快準備橡實果和豆子。不過，花栗鼠吃了幾口後，又馬上跑走了。

【註】44. tiānn-tiānn（常常、經常）

後來花膨鼠定定⁴⁴ 會走轉來
Āu--lâi Hue-phòng-tshí tiānn-tiānn　　ē　tsáu--tńg--lâi

食阿明共伊攢的食物。
tsiàh A-bîng　kā　i　tshuân ê　tsiàh-mih.

後來，花栗鼠常常跑回來吃阿明幫他準備的食物。

阿明和山谷裡的動物們都成了好朋友。

🎵 咱是好朋友
Lán sī hó pîng - iú

好朋友　咱來手牽手
Hó pîng-iú　lán lâi tshiú-khan-tshiú

好心情　做伙耍遊戲
Hó sim-tsîng　tsò-hué sńg iû - hì

覕[45] 相揣　幌[46] 公鞦
Bih - sio-tshuē　Hàinn - kong-tshiu

你佮我　永遠做好朋友
Lí　kah guá　íng-uán tsò hó pîng-iú

【註】45 bih（躲、藏）46. hàinn（搖擺、晃動）

欸！彼是啥物聲音啊？
Eh！　　He sī siánn-mih siann-im--ah？

Tòng Tòng Tòng!

咦！那是什麼聲音啊！咚…咚…咚…

【註】47. kháu-tsàu（住戶、家庭）

一隻、兩隻、三隻…，
Tsi̍t tsiah、 nn̄g tsiah、 sann tsiah …,

足濟隻的花膨鼠規口灶⁴⁷ 攏來矣。
tsiok tsē tsiah ê Hue-phòng-tshí kui kháu-tsàu lóng lâi --ah.

一隻、兩隻、三隻…，好多隻的花栗鼠都跑來了。

日子聊聊仔過去…

Ji̍t- tsí liâu-liâu-á kuè--khì...

日子一天一天地過去了…

遮！已經成做美麗的花膨鼠山谷矣！

Tsia! í-king tsiânn-tsò bí-lē ê Hue-phòng-tshí suann-kok--ah!

愈來愈濟花膨鼠搬來遮！

Jú lâi jú tsē Hue-phòng-tshí puann lâi tsia!

越來越多的花栗鼠都搬到這裡來了！這裡已經成為了美麗的花鼠山谷！

走相掠

詞曲：林秀珊

花 膨 鼠 真 活 動　我 走－西 伊 走 東

目 一nih 就 無 看 人　嘿！掠 著 矣！　看 你 走＿佗 藏

咱是好朋友

詞曲：林秀珊

好 朋 友　咱 來 手 牽 手　好 心 情　做 伙 耍 遊 戲

覕 相 揣　幌 公 鞦　你 佮 我　永 遠 做 好 朋 友

你佇佗位

詞曲：林秀珊

遠遠的 山 彼 爿 你 敢 是 佇 遐？

深 深 的 樹 林 內 你 敢 是 佇 遐？

你 佇 佗 位？ 我 真 想 你

你 佇 佗 位 敢 通 閣 相 見？

你 佇 佗 位？

轉 來 —— 轉 來 ——

轉 來 —— 轉 來

飼

詞曲：林秀珊

來—來—來—食果子—有你愛食的栗子—

蘋果 芎 蕉 kah 菝 仔 欲 食 啥 物 隨 在 你

啦啦啦啦啦 啦啦啦啦啦 tshuā 你 peh 樹 仔 閣 耍 趨 趨 仔

啦啦啦啦啦 啦啦啦啦啦 猶 有 你 上 愛 的 走 輪 仔—

來—來—來—食果子—有你愛食的栗子—

蘋果 芎 蕉 kah 菝 仔 欲 食 啥 物 隨 在 你

欲 食 啥 物 隨 在 你

做 伴

詞曲：林秀珊

我 欲 牽 你 去 溪 邊 - 看 魚 兒 泅 啊 泅 -

我 欲 tshuā 你 去 山 頂 看 鳥 仔 吼 tsiuh tsiuh -

有 你 做 - 伴 我 袂 孤 單 有 你 鬥 陣 食 水

嘛 甜 甜 感 謝 有 你 來 做 伴

感 謝 有 你 來 做 伴

歡 喜 的 時 陣 來 唱 歌 唱 快 樂 的 歌

無 聊 的 時 陣 來 畫 圖 畫 五 彩 的 - 圖

有 你 做 - 伴 我 袂 孤 單 有 你 鬥 陣 食 水

嘛 甜 甜 感 謝 有 你 來 做 伴

感 謝 有 你 來 做 伴 有 你 來 做 伴

花膨鼠山谷

詞：林秀珊

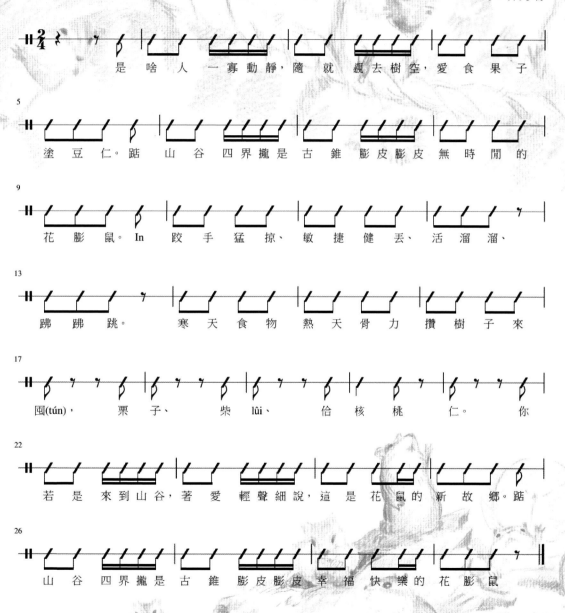

是 啥 人 一 寡 動 靜，隨 就 覕 去 樹 空，愛 食 果 子

塗 豆 仁。踮 山 谷 四 界 攏 是 古 錐 膨 皮 膨 皮 無 時 閒 的

花 膨 鼠。In 鉸 手 猛 掠、敏 捷 健 丟、活 溜 溜、

跳 跳 跳。 寒 天 食 物 熱 天 骨 力 攢 樹 子 來

囤(tún)， 栗 子、 柴 lûi、 佮 核 桃 仁。 你

若 是 來 到 山 谷，著 愛 輕 聲 細 說，這 是 花 鼠 的 新 故 鄉。踮

山 谷 四 界 攏 是 古 錐 膨 皮 膨 皮 幸 福 快 樂 的 花 膨 鼠

繪本背後的故事緣起

臺文版

少囝化時代加上大部份是雙薪家庭，濟濟囡仔定定因為感覺稀微抑孤單，會真向望通有一個伴，致使定會想欲飼動物伴，抑是共拄著的動物仔㧣轉去厝內飼。有寡囡仔佇佮親情朋友、厝邊抑無熟似的人見面的時，定予人要求愛請安抑是愛有反應，但是其實就親像花膨鼠，in需要時間佮in建立信任和安全感。

阿明因為誠佮意花膨鼠，足想欲佮花膨鼠做伙生活，真費神付出愛心佮耐心，希望會當共留牢咧，但是阿明上尾總算了解──真正的擁有，並毋是共花膨鼠關起來抑是縛牢咧，是愛創造一个in佮意、感覺四序、歡喜佮自由的環境。

這个世界上真正有一個花膨鼠山谷，按呢的山谷嘛會當存在佇你我的生活中，當咱學會曉尊重性命、學會曉為性命付出、學會曉疼惜性命，咱就是咧創造屬佇咱家己的花膨鼠山谷。

繪本背後的故事緣起

華文版

少子化時代加上大部分是雙薪家庭，許多的孩子常因為寂寞或孤單而渴望能夠有個伴，因此常會有想要養寵物，或是把遇到的小動物帶回家的念頭。有些幼兒在跟親戚朋友、鄰居或不認識的人見面時，常被要求要打招呼或是要很有反應，但其實就像是花栗鼠一般，他們需要時間跟他們建立信任和安全感。

阿明因為很喜歡花栗鼠，很想跟花栗鼠一起生活，花了許多的心思，付出了愛心與耐心，希望能夠留住牠，然而阿明最終明白，真正的擁有，並不是把花栗鼠關起來或是綁住，而是創造一個牠們喜歡、舒適、感覺到快樂與自由的環境。

這個世界上真的有個花栗鼠山谷，而這樣的山谷也可以存在於你我的生活中，當我們學會尊重生命、學會為生命付出、學會了愛生命，我們正在創造屬於我們自己的花栗鼠山谷。

替囡仔鬥一對翼股

　　濟濟囡仔看著佮意的動物仔，會足想欲共牠轉去厝裡，咱會用得佮囡仔做伙思考，遮的動物會向望生活佇啥物款的家咧？咱目前所生活的環境，敢有適合動物生存？佇田庄行、行到溪仔邊抑是行到海邊仔，咱按怎維護鳥仔的家、膨鼠的家、魚蝦水卒的家…？ 咱愛替囡仔鬥一對翼股，宏觀看世界佮思考。

　　佇育囝的路裡，咱嘛佮阿明仝款，足想欲共囡仔留佇身軀邊，但是咱著愛那陪伴那沓沓仔放手，囡仔上尾會親像花膨鼠，佇咱的愛內底，自在佇這个世界生活。

幫孩子戴上一對翅膀

　　許多的孩子看到喜歡的動物，會很想把牠們帶回家，我們可以和孩子一起思考，這些動物會希望生活在什麼樣的家呢？我們現在所生活的環境，是否適合動物們的生存？走在鄉間、走到溪邊或走到海邊，我們如何維護鳥的家、松鼠的家、魚的家、螃蟹的家…？ 幫孩子們戴上一對翅膀，宏觀地看世界與思考。

　　在育兒的路上，我們也如同阿明，很想把孩子留在身邊，但是必須在一邊陪伴中一點一滴地放手，孩子最終如同花栗鼠，在我們的愛中自在地在這個世界中生活。

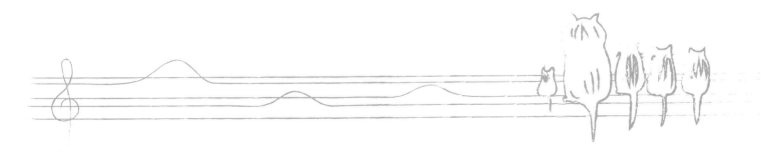

臺 文 版

音樂設計 / 江寬慈

國立臺北藝術大學舞蹈學系佮國立新竹教育大學音樂學系雙碩士。專長是將舞蹈律動元素融合佇音樂教育中。耕耘兒童音樂佮律動教學二十年,替學齡前囡仔寫過真濟囡仔歌曲佮教材,一直希望會當替囡仔設計會當唱、會當跳、閣會當互動的臺語囡仔歌,希望阮設計的歌曲會使大人囡仔攏佮意。

詞曲 / 林秀珊

私立輔仁大學音樂學系學士,法國里昂第二大學音樂學系碩士 (Université Lumière Lyon-II Master 2 Musicologie)。音樂教育工作者、故事媽媽佮母語家庭推廣者,2015 年創辦新竹母語囡仔窟,2018 年成立田椏花(華德福)台語親子共學,現在是華德福實驗學校音樂教師。

畫圖者 / 蘇夢豪

輔大應用美術系畢業,目前是一位軟體系統工程師。佮意構思話語插畫,畫圖過程中感受內容情境,有時畫風大膽、有時畫法幼膩、有時加添心適的元素。佮意予小朋友對插畫中發現驚喜,嘛會當佇繪本中挖掘屬家己的故事。

華 文 版

音樂設計 / 江寬慈

國立臺北藝術大學舞蹈學系及國立新竹教育大學音樂學系雙碩士。專長為將舞蹈律動元素融入音樂教育中。耕耘兒童音樂與律動教學二十年,為學齡前幼兒寫過許多童謠歌曲及教材,一直希望能夠為孩子們設計可以唱、可以跳及可以互動的臺語兒歌,希望我們設計的歌曲能夠老少咸宜。

詞曲 / 林秀珊

私立輔仁大學音樂學系學士,法國里昂第二大學音樂學系碩士 (Université Lumière Lyon-II Master 2 Musicologie)。音樂教育工作者、故事媽媽及母語家庭推廣者,2015 年創辦新竹母語囡仔窟,2018 年成立田椏花(華德福)台語親子共學,現職華德福實驗學校音樂教師。

繪者 / 蘇夢豪

輔大應用美術系畢業,目前為軟體系統工程師。喜歡構思話語插畫,畫畫過程中感受內容情境,時而大膽筆觸,時而細膩刻劃,時而加添有趣元素。喜歡讓小朋友從畫中發現驚奇,或許也能夠在畫中挖掘出屬於自己的故事喔。

花膨鼠山谷—臺華雙語版

發行人‧小水滴創藝樂團　故事原作‧Joshua Jung
主編‧江寬慈　文‧江寬慈　繪者‧蘇夢豪　美術編輯‧林華清
翻譯‧陳豐惠、黃淑真　音樂設計‧江寬慈　詞曲‧林秀珊
審定‧李江却台語文教基金會　陳豐惠
出版‧小水滴創藝樂團　地址‧新北市板橋區府中路 18-2 號 2 樓
網址‧https://waterdroplet.mystrikingly.com/　Email‧waterdroplet923@gmail.com
2023 年 2 月發行　ISBN‧978-626-96270-3-5　定價‧新台幣 300 元